ALBUM

DE

CHATEAUBRIAND

20 Gravures en taille-douce

AVEC TEXTE

DESSINS DE M. STAAL, GRAVURES DE MM. GEOFFROY ET MONNIN

PARIS

N.-J. PHILIPPART, ÉDITEUR

4, RUE HONORÉ-CHEVALIER, 4

Typographie Ernest Meyer, rue de Verneuil, 22, à Paris.

CHATEAUBRIAND.

François-René de Chateaubriand.

Dans l'impuissance de résumer dans cet article biographique cette vie si glorieuse et si bien remplie, nous croyons devoir reproduire ce que le grand écrivain dit de lui à la fin de ses mémoires d'Outre-Tombe :

« Quatre fois j'ai traversé les mers, j'ai suivi le soleil en Orient, touché les ruines de Memphis, de Carthage, de Sparte et d'Athènes ; j'ai prié sur le tombeau de saint Pierre, adoré sur le Golgotha. Pauvre et riche, puissant et faible, heureux et misérable, homme d'action, homme de pensée, j'ai mis ma main dans le siècle, mon intelligence au désert. L'existence effective s'est montrée à moi, au milieu des illusions, de même que la terre apparaît aux matelots parmi les nuages.

. . . .

« Après avoir campé sous la hutte de l'Iroquois et sous la tente de l'Arabe, après avoir revêtu la casaque du sauvage et le cafetan du mamelouk, je me suis assis à la table des rois pour retomber dans l'indigence. Je me suis mêlé de paix et de guerre ; j'ai assisté à des siéges, à des congrès et à des conclaves, à la réédification et à la démolition des trônes ; j'ai fait de l'histoire et je la pourrai écrire, et ma vie solitaire et silencieuse marchait au travers du bruit et du tumulte avec les filles de mon imagination : Atala, Amélie, Blanca, Velleda, sans parler de celles que je pourrais appeler les réalités de mes jours, si elles n'avaient elles-mêmes la séduction des chimères.

« Je me suis rencontré entre deux siècles comme au confluent de deux fleuves...... »

François René de Chateaubriand naquit le 4 septembre 1768 et non 1769 comme on l'a écrit par erreur, à Saint-Malo, dans une maison de la rue des Juifs, transformée aujourd'hui en auberge. Son père avait longtemps habité les îles où il était parvenu à faire sa fortune. Uniquement occupé de rétablir la grandeur de son nom, l'un des plus illustres de la Bretagne (1), il avait acheté la terre de Combourg, ancien domaine de sa famille, et s'y était retiré pour y vivre comme un châtelain du moyen âge. Avare dans l'espoir de rendre à sa famille son premier éclat, hautain aux États de Bretagne avec les gentilshommes, dur avec ses vassaux à Combourg, taciturne, despotique et menaçant dans son intérieur, ce qu'on sentait en le voyant, c'était la crainte. Madame de Chateaubriand, qui était lettrée, spirituelle, amie des relations mondaines, et pleine d'une sympathique pétulance, fut comme étouffée dans la froide atmosphère de son mari. Obligée de se taire quand elle eût voulu parler, elle s'en dédommageait par une espèce de tristesse bruyante entrecoupée de soupirs.

La maison se composait d'un frère aîné, de quatre sœurs, de M. et de Madame de Chateaubriand.

Abandonné aux soins des domestiques, le jeune René passa ses premières années avec les polissons de Saint-Malo et de Combourg, tantôt battant, plus souvent battu, mais toujours déchiré et crotté.

M. de Chateaubriand qui destinait son fils à la marine royale, l'envoya au collége de Dol pour étudier les mathématiques. Les progrès du jeune écolier furent rapides ; mais son caractère commençait, dès lors, à montrer l'indépendance et la raideur bretonne qui ne l'abandonnèrent jamais. Du collége de Dol il passa à celui de Rennes, où il retrouva le Morlaisien Moreau qui devait conquérir une gloire militaire fatalement souillée par la trahison. Un peu plus tard, il rencontra au collége de Dinan son compatriote Broussais, que ses doctrines médicales devaient rendre célèbre. Son père obtint pour lui une sous-lieutenance au régiment de Navarre et il le fit partir sur-le-champ pour Cambrai. Il resta peu de temps

(1) Un de ses ancêtres, Geoffroy de Chateaubriand, ayant combattu à la Mansourah, aux côtés du comte d'Artois, obtint de saint Louis de porter pour blason l'*écu de gueules semé* de France, c'est-à-dire semé de fleur de lys d'or.

au régiment; la mort de son père le rappela bientôt en Bretagne d'où il fut promptement arraché par son frère aîné qui le présenta à la cour. Ce fut pour le jeune sous-lieutenant une cruelle épreuve. Invité à la chasse du roi, il se laissa emporter par son cheval et arriva avant S. M. à la curée du chevreuil, grave inconvenance qui lui fut pourtant pardonnée.

Ayant eu l'insigne honneur d'insérer une idylle dans l'*Almanach des Muses*, il se lia avec Delisle de Sales, Chamfort, Ginguené, Lebrun, etc. Il vit la prise de la Bastille, le massacre de Foulon et de Berthier; il dîna avec Mirabeau et entrevit Robespierre à l'Assemblée nationale.

Ce fut alors que ses entretiens avec M. de Malesherbes, dont son frère aîné était le petit-gendre, le décidèrent à partir pour découvrir le passage au nord-ouest de l'Amérique. Il s'embarqua avec tout ce qu'il put se procurer d'argent et une lettre de recommandation pour Washington. Il vit Baltimore et Philadelphie, où il dîna chez le fondateur de l'indépendance américaine. Le parallèle qu'il fait de lui avec Napoléon est plein de grandeur et de dignité austère : « Washington, dit-il, a été le représentant des be-
« soins, des idées, des lumières et des opinions de son époque ;
« il a secondé au lieu de contrarier le mouvement des esprits. Il
« a voulu ce qu'il devait vouloir, la chose même à laquelle il était
« appelé. De là, la cohérence et la perpétuité de son ouvrage. Cet
« homme qui frappe peu, parce qu'il est dans des proportions
« justes, a confondu son existence avec celle de son pays ; sa gloire
« est le patrimoine de la civilisation ; sa renommée s'élève comme
« un de ces sanctuaires publics où coule une source féconde et
« intarissable. »

Chateaubriand se rend ensuite à New-York et à Boston. Il n'avait point tardé à reconnaître que pour entreprendre avec quelque chance de succès la découverte du passage nord, il fallait d'abord étudier les langues des Peaux-Rouges, s'acclimater, acquérir les connaissances des coureurs de bois. En conséquence, il commença ses pérégrinations par le Niagara. Il s'enfonça dans ces belles et majestueuses solitudes dont il nous a laissé de si magnifiques peintures. C'est là qu'il esquissa jour par jour sous la tente du sauvage dont il était l'hôte, ces chefs-d'œuvre qui s'appellent *Atala*, *René*, les *Natchez*.

Après avoir visité la grande cataracte où il se casse le bras, Chateaubriand apprend sur l'Ohio l'arrestation de Louis XVI à Varennes et se décide à revenir en France qu'il aborde en faisant naufrage. Il va rejoindre sa mère à Saint-Malo. De là il partit pour rejoindre l'armée des princes. En passant par Paris, il fit la connaissance de l'abbé Barthélemy, l'auteur du *Voyage d'Anacharsis*, et de Saint-Ange, le traducteur d'Ovide.

L'armée des émigrés, commandée par le vieux prince de Condé, était à Trèves. Elle était composée de gentilshommes de tout âge et de toutes provinces qui servaient comme simples soldats. Chateaubriand eut beaucoup de peine à y être admis; on répétait qu'il arrivait trop tard, que la cause était gagnée, qu'avant un mois on serait à Paris. Enfin pourtant, grâce à son cousin Armand, on lui permit de prendre part à la victoire assurée de la noblesse. Le siége de Thionville échoua ; l'armée royaliste entra à Verdun qu'elle fut bientôt forcée de quitter. Le découragement gagnait tout le monde; la maladie décimait les rangs; il fallut se disperser. Chateaubriand voulait gagner Ostende et de là Jersey, afin de rejoindre les royalistes de Bretagne. Déjà blessé à la cuisse et miné par la fièvre, il fut attaqué d'une petite vérole confluente. Tombé mourant dans un fossé, il fut relevé par les conducteurs des fourgons du prince de Ligne qui le conduisirent à Namur. Heureusement il y rencontra son frère qui lui procura un logement et lui envoya un médecin. Il n'attendit pas d'être guéri pour s'embarquer à Ostende... A Londres, il trouva une colonie d'émigrés qui vivait comme elle pouvait, en faisant des modes, en revendant du charbon et en enseignant le français qu'elle ne savait pas toujours. Pelletier, l'un des principaux rédacteurs des

Actes des Apôtres, lui procura des traductions à faire et un imprimeur pour l'*Essai historique ;* mais toutes ces ressources étaient insuffisantes ; il endura dans son exil des privations inouïes ; il raconte qu'il ne vécut pendant plusieurs jours que d'un petit pain de deux sous et quelques verres d'eau sucrée.

Enfin le Premier Consul rouvrit aux émigrés les portes de la patrie.

De retour en France, il vécut dans l'intimité de MM. de Bonald, de Fontanes, Chenedollé, Pasquier, Joubert, et de madame de Beaumont, fille du comte de Montmorin. *Atala* fut publiée en 1801 et arracha à l'Europe un long cri d'admiration. Ce n'était pourtant que l'éblouissante aurore qui annonçait le lever de l'astre. En 1802, parut le *Génie du Christianisme* qui fut un des plus grands événements du siècle et qui plaça son auteur au premier rang. Cet ouvrage commença la réaction religieuse continuée sous des formes diverses, par MM. de Bonald, de Frayssinous, de Maistre, de Lamennais, etc.

Le restaurateur de la poésie chrétienne dut, dès le début de sa carrière, fixer l'attention du restaurateur de l'église de France. Aussi le Premier Consul voulut le voir et le nomma secrétaire d'ambassade à Rome. Il trouva les plaines de la Lombardie occupées par l'armée française, qui s'y établissait amicalement ! « Nous sommes de singuliers ennemis, dit-il à cette occasion ; on nous trouve d'abord un peu insolents, un peu trop gais, trop remuants. Nous n'avons pas plutôt tourné les talons qu'on nous regrette. Vif, spirituel, intelligent, le soldat français se mêle aux occupations de l'habitant chez lequel il est logé ; il tire de l'eau au puits, comme Moïse pour les filles de Madian, chasse les pasteurs, mène les agneaux au lavoir, fend le bois, fait le feu, veille à la marmite, porte l'enfant dans ses bras ou l'endort dans son berceau. Sa bonne humeur et son activité communiquent la vie à tout ; on s'accoutume à le regarder comme un conscrit de la famille. Le tambour bat-il ? le garnisaire court à son mousquet, laisse les filles de son hôte pleurant sur la porte, et quitte la chaumière à laquelle il ne pensera plus avant qu'il soit entré aux Invalides. »

Ce fut à Rome que Chateaubriand eut la douleur de voir mourir madame de Beaumont ; sa sœur Lucile lui fut également enlevée peu après.

Revenu à Paris et nommé ministre de France dans le Valais, il se préparait à se rendre à son poste lorsqu'il apprit la mort du duc d'Enghien, fusillé dans les fossés de Vincennes. Il envoya aussitôt sa démission.

Ainsi rendu à la vie privée, Chateaubriand fit plusieurs excursions en Auvergne, au Mont-Blanc, à Lyon où il se lia avec M. de Ballanche. Enfin il se décida à visiter les lieux qui devaient servir de théâtre à sa vaste épopée des *Martyrs*, ce qui nous a valu l'*Itinéraire de Paris à Jérusalem*.

A son retour en France, il devint propriétaire du *Mercure*, qu'il vit supprimer pour un article dans lequel on avait cru voir des allusions politiques. Ce fut alors en, 1807, qu'il acheta une retraite dans la *Vallée aux loups*, près Aulnai, et qu'il s'y retira pour travailler aux *Martyrs*.

Ce livre parut en 1809.

Cependant la mort de Joseph Chenier laissait une place vide à l'Académie française ; Chateaubriand se présenta et fut nommé à l'unanimité ; mais le discours qu'il devait prononcer le jour de sa réception déplut à Napoléon qui le supprima.

La Restauration suspendit les sourdes persécutions auxquelles il était en butte sous l'Empire. Sa carrière politique commença par la fameuse brochure intitulée : *Buonaparte et les Bourbons*, qui, suivant Louis XVIII, lui valut autant qu'une armée de cent mille hommes. Obligé de fuir pendant les Cent Jours, il suivit à Gand Louis XVIII, qui le nomma ministre de l'intérieur par interim. « Ma correspondance avec les départements, dit l'auteur des « *Martyrs*, ne me donnait pas grande besogne ; je mettais facile- « ment à jour ma correspondance avec les préfets, sous-préfets,

« maires et adjoints de nos bonnes villes du côté intérieur de nos
« frontières ; je ne réparais pas beaucoup les chemins et je laissais
« tomber les clochers. »

A la seconde Restauration, Chateaubriand fut d'abord ambassadeur à Vienne, puis à Londres. Envoyé comme plénipotentiaire au
congrès de Vérone et devenu ministre à son retour, il décida l'expédition d'Espagne. Brutalement révoqué en 1824, il fit une
guerre à outrance au ministère Villèle et contribua puissamment
à son renversement.

Le ministère Martignac le nomma ambassadeur à Rome ; ce fut
peut-être l'époque la plus éclatante de sa vie. Entouré d'une im-
mense popularité, considéré par tous les partis comme la première
puissance du temps, regardé par ses amis politiques comme leur
appui nécessaire, par ses adversaires comme leur plus redoutable
obstacle, dominant dans la capitale de la chrétienté et des arts au
double titre d'ambassadeur de France et de premier écrivain de
l'Europe, M. de Chateaubriand brillait alors d'une gloire rehaussée
par le titre politique qui se marie le mieux avec elle. Quand la
nomination du ministère du 8 août eut rouvert l'abîme des révolutions, il envoya sa démission ; elle était prévue, elle n'en fut pas
moins un coup de foudre. Il attendit la catastrophe, décidé à ne pas
séparer son sort de celui d'une monarchie qui pouvait en partie
passer pour son ouvrage. Personne n'ignore comment sa gloire
grandit avec nos malheurs, comment vainqueurs et vaincus batti-
rent des mains en 1830 en le reconnaissant au milieu de nos rues
sillonnées par la mitraille, comment il résigna à la Chambre des
pairs, titres, fonctions, pour embrasser la cause vaincue, balançant
seul, à l'instar de l'austère Romain, les dieux et la fortune. On connaît ses cordiales relations avec Armand Carrel, Lamennais,
Béranger.

Il fit paraître, sous le gouvernement de Juillet, ses *Études his-
toriques*, admirables esquisses de l'histoire des révolutions, tracées
du milieu de nos fumantes ruines et où les vicissitudes du présent

reflètent un jour nouveau sur les catastrophes du passé. L'introduction est un admirable morceau où viennent se fondre par d'harmonieuses nuances les traits épars de la physionomie du XIX° siècle ; cette œuvre fut comme le testament politique du grand écrivain. En 1846, en descendant de voiture, il se cassa la clavicule, et à partir de cette époque il ne put plus marcher. En 1847, il perdit sa digne compagne, fondatrice de l'infirmerie de Sainte-Thérèse. Accablé d'infirmités et d'une mélancolie indéfinissable, il vint se retirer à l'Abbaye-aux-Bois, près de son ancienne et toujours angélique amie, madame Recamier, laquelle était devenue aveugle. C'est dans cette calme et délicieuse retraite qu'il s'est éteint doucement le 4 juillet 1848, quelques jours après les sanglantes journées de juin. Il avait appris, deux jours auparavant, la mort sublime de l'archevêque de Paris et avait exprimé son admiration dans les termes les plus magnifiques et les plus chaleureux.

La dépouille mortelle du grand homme repose, d'après sa volonté, non dans une crypte souterraine, mais dans un lieu élevé que rasent en volant les alcyons et que battent à intervalles réguliers les flots de l'Océan, à Saint-Malo, au Grand-Bé, petit promontoire qui domine l'Océan et qui renferme une espèce de grotte où est déposé le cercueil de l'immortel écrivain.

Mort de Julien l'Apostat.

Julien, dans son expédition contre Sapor, roi des Perses, manquant de vivres, harcelé par la cavalerie ennemie, est obligé de commencer la retraite. Dans une escarmouche, combattant sans cuirasse à la tête de ses soldats, une javeline lui rase le bras, lui perce le côté droit et pénètre dans la partie inférieure du foie ; il tombe de cheval, défaille et quand il rouvre les yeux, il juge que sa blessure est mortelle.

Un général, atteint au champ de bataille, expire sur des drapeaux, noble lit, mais que l'honneur accorde souvent à ses fidèles. Ici se présente un spectacle sans exemple : Julien, étendu sur une natte recouverte d'une peau, sa couche ordinaire, est entouré de soldats et de sophistes ; sa mort est la mort d'un héros, ses paroles sont celles d'un sage :— « Amis, dit-il, le temps est venu « de quitter la vie; ce que la nature me redemande, débiteur de « bonne foi, je le lui rends allégrement. Les philosophes m'ont « appris combien l'âme est d'une substance plus fortunée que le « corps... »

« Je n'ai plus la force de parler. Je m'abstiens de désigner un « empereur dans la crainte de me tromper sur le plus digne, ou « d'exposer celui que j'aurais choisi comme le plus capable si mon « choix n'était pas suivi; en fils tendre et en homme de bien, je « souhaite que la république trouve après moi un chef intègre. »

Après avoir ainsi parlé d'une voix tranquille, il disposa de ses biens de famille en faveur de ses intimes. Ceux qui l'entouraient fondaient en larmes. — Julien les réprimanda, disant qu'il ne convenait pas de pleurer une âme prête à se réunir au ciel et aux astres. On fit silence et il continua à discourir de l'excellence de l'âme avec les philosophes Priscus et Maxime. Sa blessure se rouvrit; il demanda un peu d'eau froide et expira sans efforts au milieu de la nuit. Il n'était âgé que de trente-trois ans; il avait été vingt ans chrétien. — 361 après J.-C.

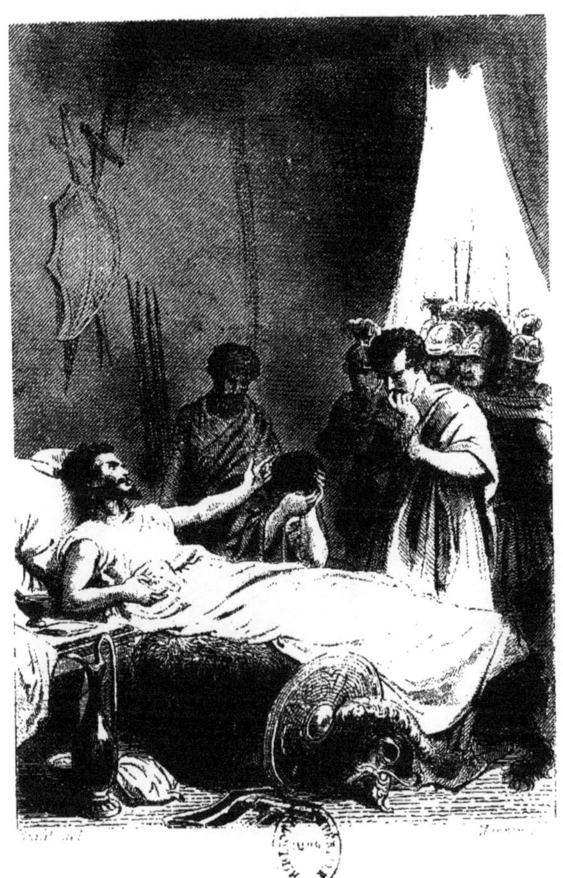

Charlemagne enseignant la Musique.

————

Charlemagne montrait pour la musique le goût
naturel que conserve encore aujourd'hui la nation
germanique ; il avait fait venir des chantres de Rome ;
il indiquait lui-même dans sa chapelle, avec le doigt
ou une baguette, le tour du clerc qui devait chanter ;
il marquait la fin du motet par un son guttural qui de-
venait le diapason de la phrase recommençante. Le
moine de Saint-Gall raconte qu'un clerc, ignorant les
règles établies et obligé de figurer dans un chœur,
agitait la tête circulairement et ouvrait une bouche
énorme pour imiter les chantres qui l'environnaient ;
Charlemagne garda son sang-froid et fit donner à ce
clerc de bonne volonté une livre d'argent pour sa
peine.

Charlemagne avait créé des écoles de musique ; les
moines connaissaient l'orgue et les instruments à
cordes et à vent. Les séquences de la messe étaient
fameuses au dixième siècle ; on y poussait le son à
toute l'étendue de la voix ; elles produisaient des
effets si extraordinaires qu'une femme en mourut de
ravissement et de surprise. Les séquences, d'origine
barbare, portaient le nom de *frigdora*.

CHARLEMAGNE ENSEIGNANT LA MUSIQUE.

Mort du Duc de Guise.

Ce jour-là même (22 décembre 1588) dans un conseil des chefs
de la Ligue, le président de Neuilly conjura le duc, en pleurant, de
quitter Blois; le cardinal de Guise était ébranlé; l'archevêque de
Lyon s'écria : « Qui quitte la partie la perd. » Guise était bien résolu
à ne pas quitter la partie : « Quand je verrais la mort entrer par
une fenêtre, dit-il, je ne sortirais point pour la fuir. » Sous ses ser-
viettes, il trouva un billet l'avertissant qu'on machinait sa mort. Il
écrivit au bas ces deux mots : *il n'oserait.* Le même soir, il alla
chez la marquise de Noirmoustier (Madame de Sauve) qui lui con-
seillait de se tenir sur ses gardes. Le duc rentra chez lui à trois
heures du matin; on vint le réveiller à sept en lui annonçant que
le roi l'attendait. Ce dernier avait fait monter dans sa chambre les
Quarante-Cinq. Le duc entra au conseil où le cardinal son frère
l'avait précédé. Les gardes du corps obstruaient la porte de la salle
du conseil. Crillon fit fermer les portes du château. Le roi fait
mander Guise qui passe de la chambre du conseil dans un cabinet
qui donnait sur la cour et où il comptait trouver Henri III. Henri
s'était retiré dans l'autre cabinet dont il avait fait changer la clef,
tant il craignait que Guise ne pénétrât jusqu'à lui à travers les
poignards de vingt assassins. A l'instant où le duc allait soulever
la portière de tapisserie du cabinet, un des Quarante-Cinq, Mon-
seri, lui saisit le bras droit et lui porta un coup de poignard dans
la poitrine; un second, Sainte-Maline, le frappa par derrière, et
trois ou quatre autres lui sautèrent au corps et aux jambes et
l'empêchèrent de tirer son épée. Il était si vigoureux que, tout
criblé de coups, étouffé par le sang de ses blessures, il entraîna
ceux qui le tenaient d'un bout de la chambre à l'autre, et se dé-
barrassant de leurs mains par un suprème effort, il s'avança, les
bras tendus et les poings fermés, vers Lignac, le chef des meur-
triers. Lignac le repoussa du fourreau de son épée; il alla tomber
expirant aux pieds du lit du roi...

On dit que Henri III, quand il fut bien assuré que Guise ne se
relèverait pas, sortit de son cabinet, l'épée au poing, en s'écriant :
« Nous ne sommes plus deux! je suis roi maintenant! » et lança
un coup de pied à ce corps pantelant.

Le Maréchal Ney pendant la Retraite de Russie.

Après s'être, suivant son habitude, couvert de gloire à la bataille de la Moskowa et reçu de Napoléon le titre de prince et de *brave des braves*, le maréchal Ney fut chargé, pendant la désastreuse retraite de Moscou, du commandement de l'arrière-garde. Il soutint, à chaque passage, des combats opiniâtres sans artillerie et sans cavalerie, pour arrêter les Russes qui étaient abondamment pourvus de toutes les armes. Cet homme rare, dont l'âme énergique était soutenue par un corps de fer, qui n'était jamais ni fatigué, ni atteint d'aucune souffrance, qui couchait en plein air, dormait ou ne dormait pas, mangeait ou ne mangeait pas, sans que jamais la défaillance mît ses membres en défaut, était le plus souvent à pied au milieu de ses soldats, ne dédaignant pas de les conduire lui-même, comme un capitaine d'infanterie, sous la fusillade et la mitraille; tranquille, serein, se regardant comme invulnérable et paraissant l'être en effet, et ne croyant pas déchoir en faisant lui-même le coup de fusil. Sans pitié pour les autres comme pour lui, il allait de sa main éveiller les engourdis, les secouait, les obligeait à partir.

Pendant quatre jours entiers, l'Empereur, à Smolensk, le crut perdu et envoya, à sa découverte, le prince Eugène avec son corps d'armée. Celui-ci, inquiet sur le sort de son vaillant compagnon d'armes, s'avança dans l'obscurité par des chemins inconnus, s'arrêtant à chaque moment pour écouter; mais tout restait silencieux. Enfin, il fit tirer quelques coups de canon. On crut alors entendre, sur cet océan de glace et de fumée, des signaux de détresse; c'étaient ceux du corps du maréchal Ney, qui, n'ayant pas d'artillerie, répondait au canon de celui du prince Eugène par des feux de peloton. Rien de plus touchant que la rencontre inespérée des deux corps et surtout des deux chefs. Ney et les siens furent accueillis par les restes de l'armée comme des frères qu'on retrouverait au sortir d'un péril imminent. Napoléon, en apprenant cette nouvelle, s'écria dans le transport de sa joie : « J'ai donc sauvé mes aigles! j'aurais donné trois cents millions de mon trésor pour racheter la perte d'un tel homme. » Le prince de la Moskowa ne démentit point sa vieille renommée pendant la suite de la retraite; il demeura inébranlable à l'arrière-garde, poste si digne de lui, pendant que tout fuyait, Murat lui-même. Ney faisant face à chaque instant à l'ennemi, semblait représenter, à lui seul, la grande armée.

On sait que ce héros, né à Sarrelouis (Moselle), le 10 janvier 1769, condamné à mort par la Chambre des pairs après le second retour de Louis XVIII, fut fusillé le 7 décembre 1815, dans le jardin du Luxembourg, au même endroit où une statue lui a été érigée en 1853.

Mort de Strafford.

Strafford, ministre de Charles Ier, roi d'Angleterre, souverainement impopulaire à cause de son orgueil et de son despotisme, fut mis en accusation par les meneurs de la chambre des Communes, Hampden, Pym et Fiennis, et condamné par la chambre des Lords à la faible majorité de 27 voix sur 46. Sa défense fut calme, digne et pathétique, elle arracha des pleurs à ses juges. Charles Ier eut l'inqualifiable faiblesse de ratifier la condamnation de son fidèle ministre. A cette nouvelle, Strafford s'écria dans le langage de l'Écriture : « Ne mettez point votre confiance dans la parole des princes ni dans les enfants des hommes, » et il se prépara au supplice avec le plus grand calme. Le 23 mai 1641 au matin, on le conduisit au lieu d'exécution. En passant au pied de la tour où l'archevêque de Cantorbéry, Laud, accusé comme lui, était renfermé, il éleva la voix et pria le prélat de le bénir. Le vieillard parut à la fenêtre, ses cheveux étaient blancs, des larmes baignaient son visage; deux ecclésiastiques le soutenaient. Strafford se mit à genoux; Laud passa ses mains à travers les barreaux, il essaya de donner une bénédiction que l'âge, l'infortune et la douleur ne lui permirent pas d'achever; il défaillit dans les bras de ses deux assistants.

Strafford se releva, prit la route de l'échafaud où le vieil évêque devait le suivre. Le ministre de Charles Ier marcha au supplice d'un air serein, au milieu des insultes de la populace. Avant de poser le front sur le billot, il prononça ces paroles : « Je crains qu'une révolution qui commence par verser le sang ne finisse par les plus grandes calamités, et ne rende malheureux ceux qui l'entreprennent. » Il livra sa tête et passa à l'éternité.

MORT DE STRAFFORD.

Mort de saint Pierre.

Saint Pierre, surnommé le *prince des apôtres*, appelé d'abord
Simon, était un pauvre pêcheur de Bethsaïde sur les bords du lac
de Génésareth ou mer de Galilée, qui fut avec son frère André
un des premiers disciples de Jésus-Christ. Après la résurrec-
tion du Fils de l'homme, il assembla les apôtres et leurs disciples au nombre de 120 dans une maison de Jérusalem, et sur sa
proposition, on consulta le sort pour remplacer Judas Iscariote.
Ce fut Mathias qui fut désigné. Au moment où le Saint-Esprit
descendit sur eux et leur communiqua le don des langues, il prê-
cha la divinité de son maître et 3000 Israélites se convertirent à
sa voix; mis en prison avec saint Jean, il en convertit encore
5000 autres. Il avait toute l'énergie d'un apôtre. Les miracles se
succèdent sur ses pas. Chassé de Jérusalem, il se rend à Sama-
rie pour combattre Simon le Magicien. A Césarée, il convertit le
centenier Lomulle. Le roi Hérode Agrippa veut le faire périr, un
ange le délivre de sa prison. L'an 36 de l'ère chrétienne, il établit
l'Eglise d'Antioche et occupa le siége pendant sept ans. Il alla
pour la première fois à Rome en 43 et y fonda le Saint-Siége sous
l'empire de Tibère. Chassé de cette capitale l'an 48 avec tous les
Juifs, il y revient avec saint Paul au commencement du règne de
Néron. C'est là que Simon le Magicien défia l'apôtre de faire plus
de miracles et que, devant Néron, il s'éleva dans les airs; mais les
prières de Pierre et Paul font fuir les démons qui le soutenaient;
il tombe à terre et se brise les jambes.

L'incendie de Rome dont on accusa les chrétiens que l'on con-
fondait avec les Juifs, produisit la première persécution. Pierre et
Paul enfermés dans la prison Mamertine furent mis à mort; Paul
eut la tête tranchée comme citoyen romain auprès des eaux Sal-
viennes, dans un lieu où l'on voit aujourd'hui trois fontaines.
Pierre, sur sa demande, fut crucifié, la tête en bas, sur le mont
Janicule et enterré le long de la voie Aurelia, près le temple d'A-
pollon. Là s'élève aujourd'hui le palais du Vatican et cette Eglise
de Saint-Pierre, qui lutte de grandeur avec les plus imposantes
ruines de Rome. Saint Pierre ne nous a laissé que deux épitres.
Son disciple chéri fut saint Marc l'évangéliste.

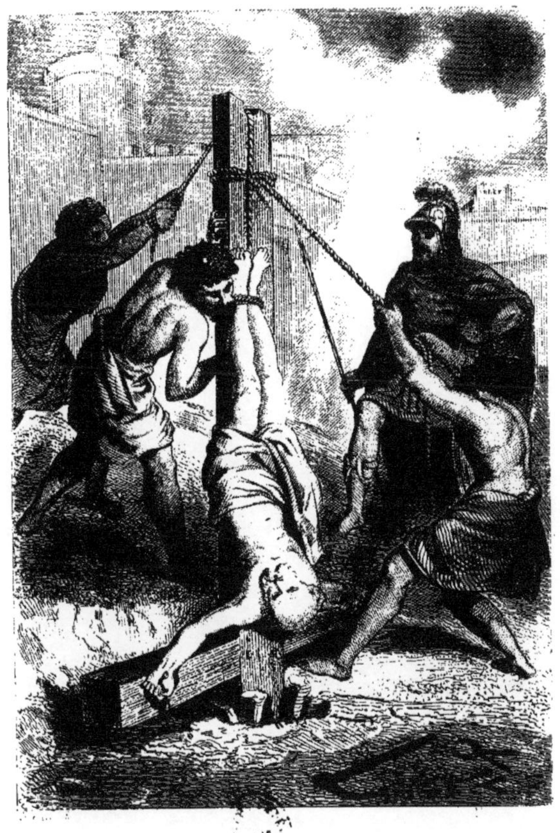

MART. DE ST PIERRE.

Marie-Antoinette dans la Prison du Temple.

Cette belle et infortunée princesse partagea avec ses enfants et Madame Élisabeth le sort de Louis XVI et fut enfermée avec lui au Temple. Elle occupait avec le dauphin une pièce au deuxième étage ; Madame Royale, sa fille, et Madame Élisabeth étaient logées au même étage ; le roi demeurait au troisième et venait dans le commencement passer la journée chez sa femme ; mais les ordres barbares de la Commune vinrent les séparer. On sait combien Louis XVI, mis en jugement et condamné à mort par la Convention, montra de courage et de résignation. Rien de plus pathétique que ses derniers adieux à la reine. Par tendresse pour elle, il ne voulut pas qu'elle passât la nuit près de lui et lui cacha l'heure de son exécution. Marie-Antoinette, couchée tout habillée sur son lit, passa la terrible journée du 21 janvier, abîmée dans de longs évanouissements interrompus par des sanglots et des prières. Bientôt on resserra encore sa captivité et on lui défendit de se promener sur la plate-forme de la tour. Sa santé dépérissait à vue d'œil ; on fit quelques tentatives pour l'évasion de Marie-Antoinette ; le résultat fut de provoquer des mesures plus sévères. Après la proscription des Girondins, la Convention décida que la reine, devant être jugée, serait séparée de son fils. Cette séparation lui arracha des larmes, elle résista aux commissaires jusqu'à extinction de ses forces. Malgré ses supplications, elle ne put obtenir de voir une seule fois son fils, confié à la garde d'un geôlier cruel nommé Simon. Le 2 août, elle fut transférée à la Conciergerie et séparée de sa fille et de Madame Élisabeth. Le 13 octobre, Fouquier-Tinville vint lui signifier son arrêt d'accusation. Elle choisit pour la forme deux défenseurs, Chauveau-Lagarde et Tronçon-Ducoudray. Le lendemain, elle comparut devant le tribunal révolutionnaire. Sa contenance était digne et calme ; ses réponses pleines de justesse. Condamnée à mort le 14, elle fut exécutée le 15 à 11 heures du matin. Légère dans la prospérité, elle se montra sublime dans l'infortune, intrépide sur l'échafaud. Elle n'avait que 38 ans.

Notre-Dame-des-Bois.

Qui ne connaît *Notre-Dame-des-Bois*, cette habitante du creux de la vieille épine ou du trou moussu de la fontaine ? Elle est célèbre dans tout le hameau par ses miracles. Il n'est pas de province, pas de contrée catholique qui n'ait sa *Notre-Dame-des-Bois*, à laquelle ne soient attachées quelques touchantes légendes, quelques pieuses traditions. En vain le scepticisme actuel veut-il condamner ces saintes et naïves croyances. Heureux, trois et quatre fois heureux ceux qui croient ! Marie, qui dans le ciel est à la droite de son fils, devant laquelle les séraphins se voilent la face, n'est-elle pas sur la terre la patronne de tout ce qui souffre et espère ? Pourquoi la *bonne Marie-des-Bois*, qui n'est qu'un de ses nombreux surnoms, ne viendrait-elle pas en aide à ceux qui l'implorent avec ferveur et confiance ? Maintes femmes vous diront que leurs douleurs dans l'enfantement ont été moins grandes depuis qu'elles l'ont invoquée. Les filles qui ont perdu leurs fiancés ont souvent, au clair de la lune, aperçu les âmes de ces jeunes hommes dans ce lieu solitaire ; elles ont reconnu leurs voix dans les soupirs de la fontaine. Les colombes qui boivent de ses eaux, ont toujours des œufs dans leur nid, et les fleurs qui croissent sur ses bords, toujours des boutons sur leur tige. Il était convenable que cette sainte des forêts fît des miracles doux comme les mousses qu'elle habite, charmante comme les eaux qui la voilent.

Parmi les types créés par la religion chrétienne, il n'en est pas de plus beau et de plus pur que Marie (étoile de la mer), fille d'Héli et de Anne et mère de Jésus. Objet de foi et d'adoration pour ceux que la main de Dieu a touchés, elle est pour les autres un ineffable élan de poésie, une consolatrice pure comme le sourire d'un enfant, tendre comme une âme qui a souffert. Pour les jeunes filles, c'est *l'étoile du matin*, la *rose du mystère*, un *vase rempli de parfums*; pour les voyageurs une *source toujours pure*; pour les marins *l'étoile des mers*; pour les malheureux la *gardienne*, la *consolatrice des affligés*; pour tous, *l'espérance*.

NOTRE-DAME-DES-BOIS

N.J. Philippart, Éditeur.   Génie du Christianisme T. III)

L'Ange Raphaël apparaît à Adam et Ève.

Devant le trône et la face de Dieu, une multitude d'anges ou messagers, en hébreu, *melakim*, attendent prosternés et le front ombragé de leurs ailes, les ordres du Seigneur. Mais parmi ces anges, il en est sept principaux, au nombre desquels on compte Raphaël. Il tire son nom de la racine hébraïque *rafa*, il guérit, et *el* (Dieu) comme qui dirait *médecin de Dieu*. On sait quel rôle il remplit dans l'admirable légende biblique de Tobie. Voici comment Milton dépeint son arrivée dans le Paradis terrestre qu'habitent nos premiers pères :

« Pour ombrager ses formes divines, le séraphin porte six ailes. Deux, attachées à ses épaules, sont ramenées sur son sein comme les pans d'un manteau impérial; celles du milieu se roulent autour de lui comme une écharpe étoilée,... les deux dernières, teintes d'azur, battent à ses talons rapides. Il secoue ses plumes qui répandent des odeurs célestes.

« Il s'avance dans le jardin du bonheur, au travers des bocages de myrte et des nuages de nard et d'encens; solitudes de parfums, où la nature, dans sa jeunesse, se livre à tous les caprices... Adam, assis à la porte de son berceau, aperçoit le divin messager. Aussitôt il s'écrie : « Ève ! accours ! viens voir ce qui est digne de ton admiration ! Regarde vers l'orient parmi ces arbres. Aperçois-tu cette forme radieuse qui semble se diriger vers notre berceau ? On la prendrait pour une autre aurore, qui se lève au milieu du jour... »

Reconnaissons avec Chateaubriand que les Mercure et les Apollon de la Mythologie ne soutiennent pas la comparaison avec cette suave et sublime description d'un des envoyés du Très-Haut.

L'ANGE RAPHAËL APPARAIT A ADAM ET EVE.

N.J. Philippart Éditeur   Génie du Christianisme (II)

Atala.

—

« Cependant une barre d'or se forma dans l'Orient. Les éperviers
criaient sur les rochers et les martres rentraient dans le creux des
ormes : c'était le signal du convoi d'Atala. Je chargeai le corps
sur mes épaules; l'ermite (le père Aubry) marchait devant moi
une bêche à la main. Nous commençâmes à descendre de rochers
en rochers; la vieillesse et la mort ralentissaient également nos
pas. A la vue du chien qui nous avait trouvés dans la forêt et qui
maintenant, bondissant de joie, nous traçait une autre route, je me
mis à fondre en larmes. Souvent la longue chevelure d'Atala, jouet
des brises matinales, étendait son voile d'or sur mes yeux; souvent, pliant sous le fardeau, j'étais obligé de le déposer sur la
mousse et de m'asseoir auprès pour reprendre des forces. Enfin
nous arrivâmes au lieu marqué par ma douleur; nous descendîmes
sous l'arche du pont. O mon fils!... il eût fallu voir un jeune sauvage et un vieil ermite chrétien, à genoux l'un vis-à-vis l'autre
dans un désert, creusant avec leurs mains un tombeau pour une
pauvre fille dont le corps était étendu près de là, dans la ravine
desséchée d'un torrent!

« Quand notre ouvrage fut achevé, nous transportâmes la beauté
dans son lit d'argile. Hélas! j'avais espéré de préparer une autre
couche pour elle! Prenant alors un peu de poussière dans ma
main, et gardant un silence effroyable, j'attachai pour la dernière
fois mes yeux égarés sur le visage d'Atala. Ensuite, je répandis la
terre antique sur un front de dix-huit printemps. Je vis graduel-
lement disparaître les traits de mon amante et ses grâces se cacher
sous le rideau de l'éternité. Son sein surmonta quelque temps la
terre noircie comme un lis blanc sort du milieu d'une sombre argile : « Lopez! m'écriai-je alors, vois ton fils inhumer sa sœur! »
Et j'achevai de couvrir Atala de la terre du sommeil. »

Chateaubriand (Atala).

ATALA

Saint Vincent de Paul.

Le nom de Vincent de Paul est le plus populaire et le plus béni
des noms. Philosophes ou croyants, catholiques ou dissidents,
riches ou pauvres, grands et petits, rois et peuples, tous le pro-
noncent avec amour. C'est qu'il est une sublime expression de la
charité. On sait qu'il naquit le 24 avril 1576 à Ranquines, petit
hameau de la paroisse de Pouy, dans le diocèse de Dax, aujour-
d'hui département des Landes ; que ses parents étaient de pauvres
laboureurs, que lui Vincent, troisième de six enfants, garda d'a-
bord les troupeaux, et fit ensuite ses études à Dax dans le couvent
des Cordeliers. Il les acheva à Toulouse et fut ordonné prêtre en
1600.

On sait que gardien de troupeaux, puis esclave à Tunis, il devint
un prêtre illustre par sa science et par ses œuvres ; on sait qu'il
est le fondateur de l'hôpital des Enfants-Trouvés, de celui des
Pauvres-Vieillards ; de la congrégation des prêtres de la Mission,
des conférences de Dames de charité, etc. Il fut puissamment
secondé par Mademoiselle Legras qui, de concert avec lui, établit
les Sœurs de charité.

Dès l'année 1636, Vincent avait commencé ses missions mi-
litaires ; sa parole pénétrait au cœur de nos soldats. Le renouvel-
lement de la foi dans les armées préparait nos plus brillants
triomphes. On vit le saint apôtre dans des temps difficiles se multiplier au milieu des pauvres, des blessés et des mourants. Après
la mort de Louis XIII, Anne d'Autriche l'appela dans le conseil et
voulut qu'il fût cardinal, mais le saint prêtre refusa cet honneur.
Il se retira bientôt de la cour et retourna à ses œuvres de charité. Mais depuis longtemps sa santé était défaillante, ses jambes
ne pouvaient plus le porter ; il supporta ses maux avec une hé-
roïque résignation ; enfin le 22 septembre 1660, il s'éteignit à la
maison Saint-Lazare. Ses obsèques furent célébrées avec une
pompe digne de sa charité. Le peuple y assistait en foule ; les
princes y étaient mêlés aux pauvres. Henri de Maupas, évêque du
Puy, fit son oraison funèbre. Déjà l'église s'apprêtait à le glorifier ;
on le bénissait comme un bienfaiteur, bientôt on l'honora comme
un saint. Il fut béatifié par Benoît XIII, le 12 août 1729, et cano-
nisé par Clément XII le 16 juin 1737.

St VINCENT DE PAUL.

Velleda.

—

A ces mots, Velleda pousse un cri de désespoir.

Bientôt changeant d'idée et cherchant à lire dans mes yeux, comme pour pénétrer mes secrets :

« Oh! oui, c'est cela, s'écrie-t-elle, les Romaines auront épuisé ton cœur! Tu les auras trop aimées! Ont-elles donc tant d'avantages sur moi? Les cygnes sont moins blancs que les filles des Gaules; nos yeux ont la couleur et l'éclat du Ciel. » . . . .

Dans ce moment une vague furieuse vient roulant contre le rocher qu'elle ébranle dans ses fondements. Un coup de vent déchire les nuages, et la lune laisse tomber un pâle rayon sur la surface des flots. Des bruits sinistres s'élèvent sur le rivage. Le triste oiseau des écueils, le lumb, fait entendre sa voix semblable au cri de détresse d'un homme qui se noie; la sentinelle effrayée appelle aux armes. Velleda tressaille, étend les bras et s'écrie :

« On m'attend. »

Et elle s'élançait dans les flots. Je la retins par son voile.

VELLEDA

Eudore et Cymodocée dans le Cirque.

Une des portes de l'arène venant à s'ouvrir laisse voir Eudore dans l'enceinte du cirque ; Cymodocée s'élance comme une flèche légère et va tomber dans les bras de son époux.

Cent mille spectateurs se lèvent sur les gradins de l'amphithéâtre et s'agitent en tumulte. On se penche en avant, on regarde dans l'arène, on se demande quelle est cette femme qui vient se jeter dans les bras du chrétien. Ceux-ci disaient :

« C'est son épouse, c'est une chrétienne qui va mourir, elle porte la robe des condamnés. »

Ceux-là :

« C'est l'esclave d'Hiéroclès, nous la connaissons ; c'est cette Grecque qui s'est déclarée ennemie des Dieux lorsque nous voulions la sauver. »

Quelques voix timides :

« Elle est si jeune et si belle. »

Mais la multitude :

« Eh bien ! qu'elle soit livrée aux bêtes avant de multiplier dans l'Empire la race des impies ! »

L'horreur, le ravissement, une affreuse douleur, une joie ineffable ôtaient la parole au martyr ; il pressait Cymodocée sur son cœur. . . . .
. . . .

Le couple angélique tombe à genoux au milieu de l'arène ; Eudore met l'anneau trempé de son sang au doigt de Cymodocée.

« Servante de Jésus-Christ, s'écrie-t-il, recevez ma foi. Vous êtes aimable comme Rachel, sage comme Rébecca, fidèle comme Sara, sans avoir eu sa longue vie. Croissons, multiplions pour l'éternité, remplissons le Ciel de nos vertus. »

A l'instant le Ciel, ouvert, célèbre ces noces sublimes : les Anges entonnent le Cantique de l'Épouse ; la mère d'Eudore présente à Dieu ses enfants unis, qui vont bientôt paraître aux pieds du trône éternel ; les Vierges martyres tressent la couronne nuptiale de Cymodocée ; Jésus-Christ bénit le couple bienheureux, et l'Esprit-Saint lui fait don d'un intarissable amour.

EUDORE ET CYMODOCÉE.

H. L. Philippart Éditeur.   Les Martyrs T. II.

Mort de Céluta et de Mila.

——————

Un soir, lorsque les bannis (les Natchez) prenaient leurs repas
à la porte de leurs tentes, Céluta, fille d'Ondouré, sœur d'Outougamiz, le chef guerrier des Natchez et la femme de René dont la
mort l'a rendu inconsolable, sort de sa tente. Elle était vêtue
d'une robe de peaux d'oiseaux et de quadrupèdes, cousues en-
semble, ouvrage ingénieux de sa sœur la charmante Mila, veuve
d'Outougamiz ; ses cheveux blonds flottaient en boucles sur sa
jeune tête ornée d'une couronne de ronces à fleurs bleues ; elle
portait dans ses bras la fille de René, et Mila à moitié nue suivait
sa compagne. Les bannis, étonnés et charmés de les voir, se le-
vèrent, les comblèrent de bénédictions et leur formèrent un cor-
tége. Ils arrivèrent tous ainsi au bord d'une cataracte dont on
entendait de loin les mugissements. Cette cataracte qu'aucun
voyageur n'avait visitée, tombait entre deux montagnes dans un
abîme. Céluta donna un baiser à sa fille, la déposa sur le gazon ;
mit sur les genoux de l'enfant le Manitou d'or et l'urne où le sang
s'était desséché. Mila et Céluta, se tenant par la main, s'appro-
chèrent du bord de la cataracte comme pour regarder au fond, et
plus rapides que la chute du fleuve, elles accomplirent leur des-
tinée. Céluta s'était souvenue que René, dans sa lettre, avait re-
gretté de ne s'être pas précipité dans les ondes écumantes.

Les femmes prirent dans leurs bras la fille de René laissée sur
la rive, elles la portèrent au plus vieux sachem qui en confia le
soin à une matrone renommée. Cette matrone suspendit au cou
de l'enfant le Manitou d'or comme une parure. Le nom français
d'Amélie étant ignoré des sauvages, les sachems en imposèrent
un autre à l'orpheline qui vit ainsi périr jusqu'à son nom.

MORT DE CALCUTTA ET DE MILA

René chez les Natchez.

Chactas se lève à l'aide du bras de sa fille. Le frère d'Amélie suit le sachem que la foule empressée reconduit à sa cabane. Les guides retournent au fort Rosalie.

Cependant René était entré sous le toit de son hôte qu'ombrageaient quatre superbes tulipiers. On fait chauffer une eau pure dans un vase de pierre noire pour laver les pieds du frère d'Amélie. Chactas sacrifie aux Manitous protecteurs des étrangers, il brûle en leur honneur des feuilles de saule ; le saule est agréable aux génies des voyageurs parce qu'il croît aux bords des fleuves, emblèmes d'une vie errante. Après ceci, Chactas présenta la calebasse de l'hospitalité, où six générations avaient bu l'eau d'érable. Elle était couronnée d'hyacinthes bleus qui répandaient une bonne odeur. Deux Indiens, célèbres par leur esprit ingénieux, avaient crayonné sur ses flancs dorés l'histoire d'un voyageur égaré dans les bois. René, après avoir mouillé ses lèvres dans la coupe fragile, la rendit aux mains tremblantes du patron de la solitude. Le calumet de paix, dont le fourneau était fait d'une pierre rouge, fut de nouveau présenté au frère d'Amélie. On lui servit en même temps deux jeunes ramiers qui, nourris de baies de génévrier par leur mère, étaient un mets digne de la table d'un roi. Le repas achevé, une jeune fille aux bras nus parut devant l'étranger, et, dansant la chanson de l'hospitalité, elle disait :

« Salut, hôte du Grand-Esprit ! Salut, ô le plus sacré des hommes ! Nous avons du maïs et une couche pour toi. Salut, hôte du Grand-Esprit ! Salut, ô le plus sacré des hommes. » — La jeune fille prit la main de l'étranger, le conduisit à la peau d'ours qui devait lui servir de lit, et puis elle se retira auprès de ses parents. René s'étendit sur la couche du chasseur, et dormit son premier sommeil chez les Natchez.

RENÉ CHEZ LES NATCHEZ.

Le Grand-Esprit poursuivant les Algonquins.

***

Au soleil couchant du lac supérieur (près des Montagnes-Ro-
cheuses) sont des montagnes formées de pierres qui brillent
comme la glace des cataractes en hiver. Derrière ces montagnes
s'étend un lac bien plus grand que le lac supérieur (sans doute
l'Océan Pacifique). Michabou aime particulièrement ce lac et ces
montagnes, mais c'est au lac supérieur que le Grand-Esprit a fixé
sa résidence ; on l'y voit se promener au clair de la lune ; il se
plaît aussi à cueillir le fruit d'un groseillier qui couvre la rive
méridionale du lac. Souvent, assis sur la pointe d'un rocher, il
déchaîne les tempêtes ; il habite dans le lac une île qui porte son
nom, c'est là que les âmes des guerriers, tombés sur le champ de
bataille, se rendent pour jouir du plaisir de la chasse.

Autrefois, du milieu du lac sacré, émergeait une montagne de
cuivre que le Grand Esprit a enlevée et transportée ailleurs depuis
longtemps ; mais il a semé sur le rivage des pierres du même
métal qui ont une vertu singulière, elles rendent invisibles ceux
qui les portent. Le Grand-Esprit ne veut pas qu'on touche à ces
pierres. Un jour, des Algonquins, tribus sauvages qui habitaient
autrefois entre les sources du Missouri, la baie d'Hudson et l'At-
lantique, furent assez téméraires pour enlever une de ces pierres ;
à peine étaient-ils entrés dans leurs canots qu'un manitou, de
plus de soixante coudées de hauteur, sortant du fond d'une forêt
les poursuivit, les vagues lui allaient à peine à la ceinture ; il
obligea les Algonquins de jeter dans les flots le trésor qu'ils
avaient ravi.

LE GRAND ESPRIT POURSUIVANT LES ALGONQUINS

N. J. Philippart, Éditeur.					Voyages. T. II)

M. Violet faisant danser les Sauvages.

« Après avoir traversé le Mohawk, nous entrâmes dans les anciens cantons des six nations iroquoises. Le premier sauvage que nous rencontrâmes était un jeune homme qui marchait devant un cheval sur lequel était assise une indienne, parée à la manière de sa tribu. Mon guide leur souhaita le bonjour en passant.

« J'eus le bonheur d'être reçu par un de mes compatriotes sur la frontière de la solitude, par M. Violet, maître de danse chez les sauvages. On lui payait ses leçons en peaux de castor et en jambons d'ours. Au milieu d'une forêt, on voyait une espèce de grange ; je trouvai dans cette grange une vingtaine de sauvages, hommes et femmes, barbouillés comme des sorciers, le corps demi-nu, les oreilles découpées, des plumes de corbeau sur la tête, des anneaux passés dans les narines. Un petit Français, poudré et frisé comme autrefois, habit vert-pomme, veste de droguet, jabot et manchettes de mousseline, raclait un violon de poche, et faisait danser Madelon Friquet à ces Iroquois. M. Violet, en me parlant des Indiens, me disait toujours : « Ces *messieurs sauvages* et ces *dames sauvagesses*. » Il se louait beaucoup de la légèreté de ses écoliers ; en effet, je n'ai jamais vu faire de telles gambades. M. Violet, tenant son petit violon entre son menton et sa poitrine, accordait l'instrument ; il criait en iroquois : *A vos places!* et toute la troupe sautait comme une bande de démons.

« C'était une chose assez étrange pour un disciple de Rousseau que cette introduction à la vie sauvage par un bal que donnait à des Iroquois un ancien marmiton du général Rochambeau, qui avait commandé en chef l'armée française, envoyée en Amérique en 1776 au secours de Washington. »

Mr VIOLET FAISANT DANSER LES SAUVAGES

Chateaubriand corrigeant un soldat Turc.

Chateaubriand voulant visiter les ruines de Troyes, l'antique cité de Priam, son guide, d'accord avec son drogman et son janissaire, s'y refusèrent sous prétexte que cette route était impraticable. Il insista pour être conduit aux Dardanelles. Là-dessus le guide secoua sa barbe de rage et déclara nettement qu'il le conduirait à Kircawagh devant l'aga de cette ville. Voici comment il raconte cette entrevue :

« L'aga était à demi-couché dans l'angle d'un sofa, au fond d'une grande salle assez belle, dont le plancher était couvert de tapis. C'était un jeune homme d'une famille de visir. Il avait des armes suspendues au-dessus de sa tête ; un de ses officiers était assis auprès de lui. Il fumait d'un air dédaigneux une grande pipe persane et poussait de temps en temps des éclats de rire immodérés en nous regardant. Cette réception me déplut. Le guide, le janissaire et le drogman ôtèrent leurs sandales à la porte, selon la coutume ; ils allèrent baiser le bas de la robe de l'aga et revinrent ensuite s'asseoir à la porte.

« La chose ne se passa pas si paisiblement à mon égard ; j'étais complétement armé, botté, éperonné ; j'avais un fouet à la main. Des esclaves voulurent m'obliger à quitter mes bottes, mon fouet et mes armes. Je leur fis dire par le drogman qu'un Français suivait partout les usages de son pays. Je m'avançai brusquement dans la chambre. Un spahis me saisit par le bras gauche et me tira de force en arrière. Je lui cinglai à travers le visage un coup de fouet qui l'obligea de lâcher prise. Il mit la main sur les pistolets qu'il portait à la ceinture ; sans prendre garde à sa menace, j'allai m'asseoir à côté de l'aga dont l'étonnement était risible. Je lui parlai français ; je me plaignis de l'insolence de ses gens ; je lui dis que ce n'était que par respect pour lui que je n'avais pas tué son janissaire ; qu'il devait savoir que les Français étaient les premiers et les plus fidèles alliés du Grand-Seigneur ; que la gloire de leurs armes était assez répandue dans l'Orient, pour qu'on apprît à respecter leurs chapeaux, de même qu'ils honoraient les turbans sans les craindre ; que j'avais bu le café avec des pachas qui m'avaient traité comme leur fils ; que je n'étais pas venu à Kircawagh pour qu'un esclave m'apprît à vivre et fût assez téméraire pour toucher la basque de mon habit. »

L'aga fit servir du café au noble voyageur et lui rendit justice.

(Itinéraire de Paris à Jérusalem.)

Chateaubriand malade chez un Albanais.

En allant, par une journée fort chaude du mois d'août 1806, faire une visite à un Albanais qui demeurait à Kératia, aux environs d'Athènes et qui était de la connaissance de M. Fauvel, notre Consul de France à Athènes, Chateaubriand est tout à coup saisi d'une fièvre violente qui l'oblige de passer la nuit dans la cabane de l'Albanais.

« Le lendemain, je passai la journée couché sur ma natte, tout le monde était allé aux champs ; Joseph même était sorti ; il ne restait que la fille de mon hôte. C'était une fille de dix-sept à dix-huit ans, assez jolie, marchant les pieds nus et les cheveux chargés de médailles et de petites pièces d'argent. Elle ne faisait aucune attention à moi ; elle travaillait comme si je n'eusse pas été là. La porte était ouverte, les rayons du soleil entraient par cette porte et c'était le seul endroit de la chambre qui fût éclairé. De temps en temps je tombais dans le sommeil ; je me réveillais et je voyais toujours l'Albanaise occupée à quelque chose de nouveau, chantant à demi-voix, arrangeant ses cheveux ou quelque partie de sa toilette. Je lui demandais quelquefois de l'eau : *nero!* elle m'apportait un vase plein d'eau ; croisant les bras, elle attendait patiemment que j'eusse achevé de boire, et quand j'avais bu, elle me disait : *kalo?* est-ce bon? et elle retournait à ses travaux. On n'entendait, dans le silence du midi, que les insectes qui bourdonnaient dans la cabane et quelques coqs qui chantaient au dehors. Je sentais ma tête vide, comme cela arrive après un long accès de fièvre ; mes yeux affaiblis voyaient voltiger une multitude d'étincelles et de bulles de lumières autour de moi ; je n'avais que des idées confuses mais douces. »